VINGT ANS APRÈS !

SOUVENIRS

ET

IMPRESSIONS PERSONNELLES

D'UN MÉDECIN DE MOBILES

1870-1871

PAR LE DOCTEUR RENÉ BIDARD

EX-MÉDECIN-MAJOR AU 30ᵉ RÉGIMENT DE MARCHE
(GARDE MOBILE DE LA MANCHE)
MÉDECIN CIVIL, ENGAGÉ VOLONTAIRE POUR LA DURÉE DE LA GUERRE
CONTRE L'ALLEMAGNE

Quæque ipse miserrima vidi

ALENÇON, IMPRIMERIE A. HERPIN

1890

Tous droits réservés

VINGT ANS APRÈS !

VINGT ANS APRÈS !

SOUVENIRS

ET

IMPRESSIONS PERSONNELLES

D'UN MÉDECIN DE MOBILES

1870-1871

PAR LE DOCTEUR RENÉ BIDARD

DE DOMFRONT (ORNE)

EX-MÉDECIN-MAJOR AU 30ᵉ RÉGIMENT DE MARCHE

(GARDE MOBILE DE LA MANCHE)

MÉDECIN CIVIL, ENGAGÉ VOLONTAIRE POUR LA DURÉE DE LA GUERRE

CONTRE L'ALLEMAGNE

Quæque ipse miserrima vidi

ALENÇON, IMPRIMERIE A. HERPIN

1890

Tous droits réservés

AVANT-PROPOS

Je dirai très nettement que c'est sur les pressantes instances de quelques-uns de mes amis, qui me le demandaient depuis longtemps, que je me suis décidé à rédiger et à publier mes principaux souvenirs sur cette époque déjà lointaine.

Le médecin qui a le respect de lui-même, a son franc parler avec tout le monde. Tout en étant très dévoué à ceux qu'il a consenti à accepter comme clients, il doit bien se garder d'être le domestique ou le caudataire de qui que ce soit. Sa parfaite indépendance de caractère et de situation lui donne le droit et lui impose le devoir de dire avec franchise, non pas tout ce qu'il pense, ni tout ce qu'il sait, — il en dirait trop long — mais de ne dire que ce qu'il pense. A cette seule condition, il inspirera le respect, pour son intelligente sincérité et quelquefois pour son courage. Le courage moral n'est pas celui qui court le plus fort les rues et les routes par les temps si sombres que nous traversons.

Je dédie cet ouvrage à la mémoire d'un de mes oncles maternels, M. le docteur Pierre Louvel, qui a fait toute

sa càrrière dans la médecine militaire. Officier de la
Légion d'honneur et du Medjidié, il assista aux héroïques
combats de la conquête algérienne, fit en entier les
campagnes de Crimée et d'Italie, et mourut en 1867,
médecin major de 1re classe au 89º de ligne. En 1866, il
me déclara, avec une énergie de conviction qui me surprit
très fort, que, dans une lutte inévitable et prochaine avec
la Prusse, nous serions fatalement écrasés, attendu que
déjà, en Italie, nous avions bien manqué de l'être, surpris
que nous étions toujours par l'ennemi, comme à Magenta
et à Solférino.

Cette sorte de prédiction me frappa beaucoup, mais alors
je n'y croyais pas, je l'avoue. Je ne m'attendais pas, si
peu de temps après, à en voir d'aussi près la terrible et
désolante réalisation.

———————

Quand je pense aux innombrables victimes de cette
guerre, si follement déclarée, si tristement conduite et si
malheureusement terminée ; quand je me rappelle tous ces
dévouements inconnus et surtout tous ces martyrs qui
tombèrent alors pour la Patrie, je ne puis m'empêcher
d'espérer dans l'avenir.

> *Exoriare aliquis nostris ex ossibus ultor !*
> « Des cendres de nos os qu'il surgisse un vengeur !... »

Ne pensons tous qu'à la Patrie ! Soyons unis et nous
serons forts pour la lutte suprême.

Après avoir fait connaissance avec le lecteur dans les
trois premiers chapitres, qui sont très courts, j'aborderai
ensuite le récit de mes principaux souvenirs personnels.

1er mars 1890.

CHAPITRE I

PRÉLIMINAIRES. — LENTEURS ADMINISTRATIVES

Ce ne fut pas sans peine, comme on va le voir, que je devins médecin militaire. L'histoire vaut la peine qu'on la raconte.

J'exerçais depuis deux ans déjà la médecine civile, à Mortain (Manche), quand la guerre fut déclarée, le 15 juillet 1870. Le lendemain, j'offris de quitter ma clientèle et ma position, pour entrer dans les ambulances actives de l'armée que l'on formait sur le Rhin.

La réponse du Sous-Intendant militaire de St-Lô est datée du 17 juillet 1870. Il prend bonne note de mon offre généreuse (Voir aux Pièces justificatives, n° 1), mais il n'a pas d'instructions. *Le cas n'est pas prévu.*

Le 18 juillet, j'adresse une nouvelle demande, celle-là directement au Ministre de la Guerre, lequel répond, le 28 juillet, qu'il faut envoyer la demande à l'Intendant de la 16ᵉ Division, à Rennes (Voir Pièces justificatives, n° 2).

Le jour même de la réception de cette communication (non affranchie, s'il vous plaît), j'écrivis le 31 juillet, à M. l'Intendant militaire, à Rennes, pour renouveler avec une instance croissante, l'offre de servir dans les ambulances actives de l'armée du Rhin, comme médecin auxiliaire, pour la durée de la guerre (Voir Pièces justificatives, n° 3).

La réponse officielle n'arrivait pas, mais chaque matin, on recevait des nouvelles de plus en plus désastreuses du théâtre de la guerre. Loin de sentir diminuer mon désir ardent de venir en aide aux blessés, j'adressai une quatrième demande, celle-là plus pressante encore que toutes les autres, au Sous-Intendant de Saint-Lô, qui me répondit le 14 août pour me donner le choix : ou de servir sur place dans des hôpitaux temporaires, ou bien comme aide-major dans la garde mobile de la Manche, qui déjà était réunie et manquait de médecins (Voir Pièces justificatives, n° 4).

Je n'hésitai pas un instant à répondre que je demandais à servir dans la garde mobile, qu'on allait organiser en toute hâte en Régiments de marche.

Le 10 septembre 1870, une lettre du Général Suau, commandant à Cherbourg, *me félicitait bien sincèrement sur mon patriotisme et me demandait si j'accepterais la fonction d'aide-major dans le bataillon de Mortain ou dans celui de Coutances* (Voir Pièces justificatives, n° 5).

Je répondis le jour même que j'acceptais d'être nommé médecin dans le bataillon de Mortain.

Le 15 septembre, je reçus ma nomination d'aide-major dans le bataillon de Mortain, signée du Général de Planhol, commandant à Rennes. Cette feuille devait me servir de lettre de service dans l'exercice de mes fonctions (Voir Pièces justificatives, n° 6).

Enfin !... Il avait fallu deux mois, cinq demandes successives, sans parler de tous nos désastres militaires qui avaient presque anéanti notre armée active, pour parvenir à obtenir que la sainte paperasserie administrative voulût bien accepter mes services ! Songez donc : un médecin civil, âgé de 28 ans, qui demande avec une persévérance d'autant plus grande, que la France a un besoin chaque jour plus pressant du concours de tous ses enfants, à être utilisé comme médecin militaire pendant toute la durée de la guerre, en sacrifiant clientèle et position, à ce qu'il regarde comme son devoir de bon Français, *mais le cas n'était pas prévu !* M. le Sous-Intendant de Saint-Lô, dans sa réponse du 17 juillet, avouait *ne pouvoir rien me dire sur les mesures qui pourront être prises ultérieurement* (Voir Pièces justificatives, nº 1).

Il fallait, convenons-en, être bien jeune pour agir comme je le faisais. Ce sera la morale, la sèule morale, hélas, aux yeux de bien des gens, à tirer de tout ce qui va suivre. Je n'étais en effet appelé par aucun service militaire. Il est vrai que quelques mois plus tard, j'aurais été appelé à servir comme mobilisé, mais alors, surtout au début des hostilités, personne ne se serait jamais douté que le mot même de *mobilisé* pût être créé.

Dailleurs, les mobilisés étant réunis, j'aurais été aussi un des médecins de mon régiment. Et je crois savoir que les mobilisés de la Manche n'ont pas quitté le département de la Manche, et n'ont jamais vu l'ennemi. Je n'aurais joué certainement ni ma position, ni ma santé, ni mon existence. Il est vrai que mon histoire eût ressemblé à celle des peuples heureux, laquelle n'a pas besoin d'historien, et que j'aurais été privé de faire votre connaissance, cher lecteur.

N'importe, je ne regrette pas ce que j'ai fait : je le regarde même comme l'honneur de ma vie.

———————

CHAPITRE II

___

NOTICE SOMMAIRE SUR L'ITINÉRAIRE SUIVI

Donc, ayant reçu le matin du 15 septembre 1870, à sept heures, ma nomination d'aide-major, je partis à huit heures avec le bataillon de Mortain, qui gagna à pied Vire d'abord, Cherbourg ensuite en chemin de fer.

A Cherbourg, chacun des bataillons de Saint-Lô, d'Avranches et de Mortain, qui comptait au moins 1,200 hommes en pleine vigueur, étaient organisés en 30ᵉ Régiment de marche (3,600 vigoureux Normands).

Au milieu des aides-majors des nombreux bataillons de garde mobile, réunis alors à Cherbourg, je me trouvais être, non-seulement le seul médecin civil engagé volontaire, mais aussi, le croirait-on, le seul docteur-médecin. Les autres aides-majors étaient tous des étudiants en médecine, de 20 à 25 ans, appelés, à titre de mobiles, sous les drapeaux. J'avais reçu et je portais, à côté d'eux, le même grade qu'eux!... L'aide-major du bataillon de Saint-Lô était un étudiant de première année; il avait quatre inscriptions. Celui du bataillon d'Avranches était un étudiant de deuxième ou de troisième année. Je ne me rappelle plus leurs noms. Je n'eus qu'à me louer d'eux dans leurs très rares rapports avec moi. Ils furent très zélés dans leurs fonctions, au dire général.

Le Lieutenant-Colonel du 30e régiment de marche, désirant mettre un peu d'ordre dans cette confusion, par ordre du 17 septembre (Voir Pièces justificatives, n° 7), me chargea de diriger le service de santé du régiment. En même temps, et de concert avec M. l'Intendant militaire Dubois, de Cherbourg, le Lieutenant-Colonel faisait auprès du Général Suau, commandant supérieur à Cherbourg, les plus pressantes instances pour me faire conférer le grade et la solde de médecin-major de 2e classe, puisque d'abord j'en remplissais les fonctions au 30e régiment, et aussi puisque mon droit à ce grade était incontesté, même par le Général Suau. Mais, répondait-on sans cesse, après avoir compulsé toutes les instructions reçues, *le cas d'un médecin civil, engagé volontaire, n'a pas été prévu par les règlements*, et personne ne voulait prendre la responsabilité d'une décision pour un cas si nouveau.

J'ajoute que je m'étais habillé, équipé et outillé à mes frais. Je n'avais reçu de l'État, aucun subside quelconque.

Nous étions depuis quelques jours à Cherbourg, quand tout à coup, le 30e régiment est envoyé aux lignes de défense de Carentan, pour protéger Cherbourg, qu'on craignait alors de voir attaquer par terre par les Prussiens. Les marins, sous la direction du Contre-Amiral Jaurréguiberry, élevaient en toute hâte des batteries garnies de formidables canons de marine.

Quand on fut rassuré de ce côté-là, ce qui ne tarda guère, le 30e régiment fut expédié aux extrêmes avant-postes, à Luigny, Brou, Illiers (Eure-et-Loir). Bientôt, arriva l'ordre de battre en retraite sur Nogent et Bellême (Combat de Thiron, 21 novembre), puis sur le Mans.

A Bellême, je fus retenu prisonnier pendant trois jours, que je passai à donner des soins aux blessés de l'hôpital. Je parvins à m'échapper, et je gagnai Alençon en toute hâte sur mon vigoureux cheval. Je fus le premier à informer le Préfet de l'Orne de ce que j'avais vu et entendu à Bellême pendant l'occupation prussienne. Mon récit fut télégraphié à Tours.

D'Alençon, je regagnai, le 1er décembre, Saint-Calais, où je retrouvai mes chers camarades du 30e régiment, qui faisait désormais partie du 21e corps. Je partageai leur sort et leurs souffrances inouïes jusqu'après le combat de Sillé (15 janvier).

J'assistai aux cinq journées consécutives de la bataille de Marchenoir, puis au combat de Fretteval, puis aux trois journées de la bataille du Mans, puis enfin au combat de Sillé-le-Guillaume.

Pendant tout ce temps, je fus exclusivement occupé à donner continuellement, et souvent nuit et jour, mes soins aux malades et aux blessés, non-seulement de mon régiment, mais même de toute la brigade. De plus, et à différentes reprises, je donnai aussi mes soins aux blessés de la grande ambulance divisionnaire que dirigeait le docteur Bertrand, médecin principal. Je fus de ce chef, plusieurs fois remercié et félicité par le Général de brigade F. du Temple.

Plusieurs détachements de marins, faisant partie de la même brigade, étant dépourvus de médecins, je leur donnai mes soins pendant toute la campagne.

A une revue, passée le 8 janvier, près le Mans, le Général de division de Villeneuve m'annonça, en présence du Lieutenant-Colonel et de plusieurs officiers du 30e régiment, que ma nomination officielle, bien que tardive, au grade de médecin-major de 2ᵉ classe venait d'arriver, et qu'il était heureux de me l'apprendre le premier.

Cependant le titre même de cette nomination ne m'a jamais été remis. Je ne touchai, pendant toute la campagne, que la solde d'aide-major de 1ʳᵉ classe. Une erreur de copiste, paraît-il, commise au Mans, dans les bureaux du grand quartier général, en retarda la délivrance, et pence temps-là, avaient lieu les combats tout autour du Mans et l'évacuation de cette place.

Ils furent suivis d'une retraite précipitée sur Mayenne et Laval. Pour protéger cette retraite, le 30ᵉ régiment de marche prit la plus grande part au combat de Sillé-le-Guillaume et se battit avec grand succès toute la journée. Les Prussiens furent rejetés au delà de Crissé. Ce fut le dernier combat.

N'ayant, comme tout le monde, hélas, depuis longtemps que la terre et la neige pour me reposer, je sentis alors ma santé s'altérer profondément. Je parvins encore à conduire le soir du 15 janvier, avec le Sous-Intendant militaire, le convoi de blessés de Sillé à Évron.

Je dus m'aliter le 17 janvier à Évron, atteint d'une broncho-pneumonie. Je raconterai, dans mes souvenirs sur mon séjour à Évron, comment, là encore, je fus contraint de m'occuper beaucoup plus de la santé des autres que de la mienne, ou plutôt que de ma maladie,

Le 31 janvier, je regagnai ce qui restait de mon régiment, auprès de Mayenne. Le Colonel et tous mes amis eurent de la peine à me reconnaître, tant les souffrances et la fatigue m'avaient défiguré. On m'engagea à aller me soigner dans ma famille.

A l'expiration de l'armistice, je tins à honneur, de regagner, près Poitiers, les cantonnements du 30ᵉ régiment afin de reprendre mon service si la guerre devait recommencer.

Enfin, la paix signée, je fus licencié, et je retournai le 25 mars, à Mortain, dans mes foyers, après six mois d'absence, ma santé sérieusement altérée, mon cheval hors de service, ma clientèle dispersée à tous les vents. Aussi, ce fut avec bonheur que je cédai aux sollicitations pressantes de ma famille, et je rentrai dans ma ville natale que je n'ai plus quitté depuis, et où se trouvent mes intérêts.

J'eus, je l'avoue, un fort serrement de cœur, en quittant mes chers camarades du bataillon de Mortain. Je reçus alors du Commandant Viallet, qui, parti capitaine de la 3ᵉ compagnie, était rentré à la tête du bataillon, une lettre de remerciements pour les sacrifices faits par moi à l'État et pour la façon dont j'ai rempli la mission que j'avais, dès le commencement de la guerre, sollicitée avec tant d'ardeur et de persévérance.

Voici cette lettre :

GARDE MOBILE

30ᵉ RÉGIMENT DE MARCHE

2ᵉ BATAILLON
(MORTAIN)

CABINET DU COMMANDANT

Mortain, 24 Mai 1871.

MON CHER DOCTEUR,

« Au moment où vous quittez Mortain, je tiens à
« vous remercier des excellents services que vous avez
« rendus à mon bataillon. Plus que personne, j'ai été

« à même d'apprécier votre dévouement. Dès le début
« de la guerre, vous aviez offert d'abandonner votre
« clientèle pour servir à l'armée du Rhin ; n'ayant pu
« obtenir de réponse, vous vous êtes décidé à suivre
« le bataillon de Mortain lorsque vous avez été sûr
« qu'il était appelé à faire une campagne qui a été
« longue et pénible. Votre résolution était d'autant
« plus digne d'éloges, qu'à ce moment-là, votre âge ne
« vous appelait à aucun service militaire. Notre recon-
« naissance vous était due dès cette époque, mais
« vous avez su la mériter constamment depuis, en
« remplissant avec le plus grand zèle, malgré l'état de
« votre santé, les fonctions d'aide-major et plus tard
« de médecin-major du régiment.

« A défaut d'autre récompense, vous pouvez du
« moins compter sur la gratitude et l'amitié sincères de
« nos camarades du 30ᵉ régiment.

« Recevez, mon cher docteur, l'assurance de mes
« sentiments les plus affectueux.

Le Chef de Bataillon,

« VIALLET. »

CHAPITRE III

Etats de service

Quand on réorganisa sérieusement l'armée, vers 1874, je fus invité par le général du 4ᵉ corps d'armée, en vue d'être nommé médecin dans la territoriale, à produire un extrait des services rendus par moi pendant la guerre.

Le lieutenant Lebel, notre ancien officier payeur, chargé de la tenue des contrôles du Bataillon des mobiles de Mortain, par ordre du Colonel de Grainville, auquel je m'étais adressé, m'expédia le document suivant en l'accompagnant d'une lettre que je possède encore et dont voici quelques extraits :

« Mortain, le 25 avril 1875.

« Mon cher Docteur, en réponse à votre lettre du
« 24 courant, je m'empresse de vous transmettre un extrait
« de vos états de service dans notre beau 30ᵉ Régiment.
« Ce document était prêt depuis plus de deux ans et
« j'attendais toujours, pour vous le remettre, une de vos
« visites aux vieux camarades de Mortain. Puisque vous
« n'avez pas pu venir, ce que nous regrettons tous, je

2

« vous adresse cette pièce en désirant qu'elle vous fasse
« obtenir dans l'armée territoriale le grade auquel vous
« donnent droit vos diplômes et les services que vous nous
« avez rendus pendant la pénible campagne de 1870.

« Ce sont des choses que nous ne pouvons oublier, et
« je regrette pour ma part que la sécheresse de la formule
« administrative d'un extrait de services ne m'ait pas
« permis d'y indiquer ce que vous avez fait pour nous
« tous.....

« .... Des extraits de service semblables au vôtre ont
« été remis par moi à tous les anciens officiers du
« Bataillon, etc.

« Signé : A. LEBEL. »

Voici cette pièce qu'il est bon, je crois, de mettre dès
maintenant sous les yeux du lecteur:

2ᵉ Armée de la Loire	EXTRAIT DES ÉTATS DE SERVICES
21ᵉ CORPS D'ARMÉE	DE
3ᵉ DIVISION — 2ᵉ BRIGADE	
GARDE MOBILE	# M. BIDARD (René-Jean-Marie)
	NÉ A DOMFRONT (ORNE), LE 23 MAI 1842
30ᵉ RÉGIMENT DE MARCHE	Fils de M. BIDARD, Jacques-Célestin, Pharmacien
2ᵉ BATAILLON	à Domfront,
(MORTAIN)	et de Mᵐᵉ LOUVEL, Euphrasie-Marie-Françoise
CABINET DU COMMANDANT	
FOLIO 33	*Profession : Docteur en Médecine, à Mortain (Manche)*

Août 1870	Engagé volontaire pour la durée de la guerre.	Présent au corps du 18 août 1870 au 16 janvier 1871.
18 août 1870.	Nommé Médecin aide-major de 1ʳᵉ classe au 4ᵉ Bataillon de la Garde mobile de la Manche. (*2ᵉ Bataillon du 30ᵉ Régiment de marche*).	
17 septembre 1870.	Chargé de la Direction du Service de santé du 30ᵉ Régiment de marche. (*Ordre du Lieutenant-Colonel Lemoine des Mares*).	A l'Hôpital du 16 au 31 janvier 1871.
21 novembre 1870.	Fait prisonnier par les Prussiens à la suite du combat de Thiron-Gardais (Eure-et-Loir) et mis en liberté trois jours après. A rejoint le Bataillon au Mans (Sarthe).	En convalescence du 1ᵉʳ février au 8 mars 1871.
16 au 31 janvier 1871.	Malade à l'ambulance d'Evron (Mayenne).	
1ᵉʳ février 1871.	En congé de convalescence.	
8 mars 1871.	Rentré au Régiment à Saint-Georges-de-Baillargeaux (Vienne).	Présent au corps du 8 au 19 mars 1871.
19 mars 1871.	Autorisé à quitter le Régiment et à rentrer dans ses foyers, par suite du licenciement du 21ᵉ corps d'armée dont faisait partie le 30ᵉ Régiment de marche.	

Campagne contre l'Allemagne 1870-1871

Combats de Thiron-Gardais (Eure-et-Loir), 21 nov. 1870.
— Vallières (Loir-et-Cher), 7, 8 et 9 déc. 1870.
— Marchenoir (Loir-et-Cher), 10 et 11 déc. 1870.
— Fretteval (Loir-et-Cher), 14 et 15 déc. 1870.
— Savigné-l'Évêque (bataille du Mans (Sarthe), 10 et 11 janvier 1871.
— Sillé-le-Guillaume (bat. du Mans), 15 janv. 1871.

Pour copie conforme :

L'*Officier Payeur chargé de* *la tenue des contrôles,*	*Le Chef de Bataillon,*	*Le Lⁱ-Colonel, command*ᵗ
A. LEBEL	A. VIALLET	*le 30ᵉ Régiment,*
		DE GRAINVILLE

Je dois ajouter ici, pour être complet et pour expliquer la présence aux Pièces justificatives, d'un extrait des registres matricules du Ministère de la guerre (n° 9), à la date du 31 août 1886, trois choses :

1° Que, d'après une note de service du 3 octobre 1877, n° 322, à moi adressée, par ordre, le Lieutenant-Colonel Grosjean, sous-chef d'État-major général, au Mans, du 4ᵉ corps d'armée, m'écrivit : « M. Bidard avait été proposé « par le Général au Ministre pour *médecin-major de* « *2ᵉ classe*. Il n'a pas encore été nommé de médecin de ce « grade.

« Dans le cas où M. le docteur Bidard ne croirait pas « devoir accepter le grade qui lui a été conféré, il devrait « envoyer sa démission qui serait transmise au Ministre. »

2° Cette note m'était adressée en réponse à une lettre où j'exprimais l'étonnement ressenti par moi en recevant ma nomination au grade de médecin aide-major de 2ᵉ classe de l'armée territoriale, par décret du 19 décembre 1877, grade, que je ne pouvais, ni ne voulais, disais-je, accepter. Ma dignité personnelle me le défendait.

3° J'envoyai immédiatement, comme on pense bien, ma démission qui ne fut acceptée que le 16 août 1878 (Voir Pièces justificatives, n° 9).

Je m'abstiens de tout commentaire.

CHAPITRE IV

MORTAIN. — CHERBOURG

Pendant les longues semaines que j'attendais, de jour en jour, la réponse officielle à ma demande d'engagement pour la durée de la guerre, deux souvenirs atroces dominent tous mes autres souvenirs.

J'entendis, dans les premiers jours d'août 1870, à Mortain, le tambour de ville lire à haute voix, près de ma maison, une proclamation tragico-lyrique, au moins bien imprudente, du ministre de l'intérieur, Emile Ollivier : elle se terminait à peu près par ces mots : « *Que tous les Français valides prennent un fusil et volent à la frontière !* » Cette preuve trop réelle de l'affolement officiel me parut plus grave encore que les nouvelles si graves pourtant qui arrivaient sans cesse du théâtre de la guerre.

Puis ce fut, le 3 septembre, le même tambour de ville qui lut la dépêche annonçant l'épouvantable catastrophe de Sédan : jamais je n'oublierai la morne stupeur de tous et le déchirement de cœur que je ressentis.

Nous partîmes quelques jours après pour Cherbourg, afin de contribuer à former des Régiments de marche.

Nous étions 1200 au départ, tous vigoureux et, quand nous rentrâmes six mois après, nous étions 590 squelettes, moribonds pour la plupart.

Nous étions bien jeunes aussi : quand je pense, qu'avec mes 28 ans, à part le commandant et cinq capitaines, j'étais le plus âgé de tout le Bataillon ! Et dire que nous espérions, moi tout le premier alors, avoir le rôle glorieux de délivrer notre armée de captivité !... C'est cette providentielle faculté d'illusion qui permet aux jeunes gens d'entrer et d'avancer dans la vie d'un cœur toujours joyeux — jusqu'au moment où, avec l'âge, l'expérience aidant, et la désillusion s'imposant de plus en plus à l'esprit, on se prend à voir enfin les choses comme elles sont, mais alors on n'est plus jeune !....

PORT-BAIL

Par ordre du Lieutenant-Colonel, en date du 22 septembre, je dûs accompagner le bataillon de Saint-Lô, dont M. Regnouf de Vains était le commandant, à Port-Bail, et j'y restai jusqu'au 8 octobre. Je n'eus qu'à me louer de la grande cordialité avec laquelle je fus traité par le commandant et tous les officiers et j'en ai conservé un charmant et précieux souvenir.

PONT-L'ABBÉ-PICAUVILLE

Je retrouvai, le 8 octobre, le bataillon de Mortain à Pont-l'Abbé-Picauville, où je fus logé chez le maire, M. le docteur Legruel, médecin en chef du grand établissement d'aliénés de la Manche. Jamais je n'oublierai la cordiale hospitalité que je reçus de ce charmant confrère, si bon, si dévoué à nos mobiles et qui rendit, comme maire, tant de services au pays tout entier. Il fut décoré tout de suite après la guerre, et ce fut justice.

Une épidémie de fièvres muqueuses se déclara dans le bataillon, et les religieuses de l'établissement logèrent et soignèrent, sous ma direction, plus de 80 mobiles, qui tous guérirent assez rapidement. Un cas de méningite aiguë se termina, comme toujours, par la mort. Nous assistâmes tous, en grande tenue, aux obsèques de notre premier camarade mort loin du pays. Nous avions tous le cœur bien serré en pensant à l'avenir prochain. Mais l'idée du devoir nous soutenait.

LUIGNY

HALTE-LA ! QUI VIVE ? — RETOUR DES GRANDES GARDES A LUIGNY

J'étais parti à cheval, le 2 décembre, vers trois heures, pour aller visiter deux compagnies placées en grand'garde aux hameaux du Perruchet et de Dampierre, à six kilomètres de Luigny [1], pour voir si quelques maladies ne s'étaient pas déclarées, et retenu à partager un frugal repas par le capitaine de Failly, je regagnais Luigny vers huit heures du soir, par une nuit bien noire. La route déserte et gelée donnait une grande résonnance au trot de mon cheval, quand, à l'entrée du bourg, j'entends crier : « Halte-là : qui vive? » — Médecin ! France ! répondis-je aussitôt et très fort. Bien m'en prit, car mon cheval fut entouré immédiatement par plus de vingt à trente francs-tireurs arrivés depuis quelques heures seulement à Luigny et qui avaient établi là un embuscade, de leur propre

---

(1) Voir *Mémoires sur l'armée de Chanzy*, par R. de Mauni, page 71, 1872, 2ᵉ édition.

autorité. — Vous avez joliment bien fait, cher docteur, me disaient-ils, de répondre vivement, haut et clair : car une demi-seconde plus tard vous aviez 30 à 40 balles dans le corps. Nous vous prenions pour un hulan !

Ces sortes de « compagnies franches », qui allaient s'installer là où bon leur semblait et qui ne relevaient guère que de leur fantaisie, tout en coûtant fort cher à l'État, car presque tous étaient galonnés, étaient souvent plus dangereuses pour les Français que pour l'ennemi.

AUMÔNIER. — LETTRE DE Mgr BRAVARD

Dans le chemin de fer de Caen à Nogent-le-Rotrou, j'avais fait la connaissance d'un aumônier attaché au bataillon de mobiles d'Avranches, le P. Danjou, des missionnaires du Mont-Saint-Michel. Il m'avait affirmé qu'il tenait de Mgr Bravard, évêque de Coutances, que le bataillon des mobiles de Mortain avait aussi un aumônier et cela depuis au moins dix jours. Or, nous n'avions pas encore aperçu ledit aumônier. Et nous étions devant l'ennemi, à la veille d'une bataille que tout le monde pressentait imminente.

Je pris alors sur moi, sans demander avis à qui que ce soit, d'écrire à Mgr l'évêque de Coutances une lettre conçue à peu près en ces termes :

« Monseigneur, j'ai deux oncles prêtres qui m'ont bien des fois répété que le devoir du médecin chrétien auprès d'un malade en danger de mort, était de faire appeler un prêtre. Eh bien, j'ai l'honneur de vous faire savoir que douze cents de vos diocésains, du pays de Mortain, sont ici à Luigny, aux extrêmes avant-postes et, par conséquent, en danger de mort permanent, de nuit et de jour. Je suis leur médecin et je viens vous demander de leur envoyer, au plus vite, un aumônier commme vous avez bien voulu déjà le faire pour chacun des autres bataillons de votre diocèse. »

Le surlendemain, je recevais la réponse suivante :

Coutances, 14 *novembre* 1870.

« MONSIEUR LE DOCTEUR,

« Je m'étonne que vous n'ayez pas encore vu l'aumônier
« de votre bataillon de Mortain : il est parti depuis le
« 3 novembre.

« C'est M. l'abbé de Longueville, dont la famille ne
« vous est pas inconnue.

« Vous serez, je n'en doute pas, satisfait des rapports
« qu'il aura avec tous les mobiles, et avec vous tous,
« messieurs les officiers.

« Je le recommande à toute votre bienveillance, il la
« mérite sous tous rapports.

« Quand vous le rencontrerez, priez-le de m'écrire :
« les autres aumôniers n'y manquent pas : ils sont très
« exacts à me donner de leurs nouvelles, toutes les
« semaines.

« La victoire d'Orléans doit nous inspirer à tous un
« peu de confiance. Dieu veuille exaucer tous les souhaits
« que nous faisons pour notre armée !

« Le bataillon de Coutances est pourvu, depuis jeudi
« de la semaine dernière, d'une ambulance.

« Je fais tout ce que je puis pour que les autres
« bataillons en aient une aussi : j'ai même donné cinq
« mille francs à chacun d'eux, pour encourager les arron-
« dissements. On s'en occupe, je crois, mais on s'y prend

« mal : ici, grâce au concours de tous, tout a été prêt
« dans l'espace de 8 jours.

« Daignez agréer, Monsieur le Docteur, l'assurance des
« parfaits sentiments, avec lesquels j'ai l'honneur d'être,
« votre très humble et tout dévoué serviteur,

« † S. P. *Evêque de Coutances*
« *et d'Avranches.* »

A *Monsieur le docteur Bidard.*

Cinq jours après, nous recevions la première visite de
notre aumônier, auquel nous fîmes tous le plus cordial
accueil. Il fut pourvu d'un ordonnance. Je dois à la vérité
d'ajouter que nous ne fîmes que l'entrevoir, par la suite,
à de très rares intervalles.

CURÉ ET BONNE SŒUR

Il me semble que je dois consigner ici, avant de quitter
Luigny, une observation qui n'a rien de militaire, mais
qui, à mes yeux de médecin, est typique et peut-être
unique.

Nous savons tous avec quel entrain et avec quelle impu-
nité la loi contre l'exercice illégal de la médecine et de la
pharmacie, protectrice de la santé publique, est violée chaque
jour, en Bretagne et en Normandie, plus encore que
partout ailleurs, par certains membres du clergé et par les
congrégations de Religieuses. Beaucoup d'évêques, et
notamment le cardinal Pie, évêque de Poitiers, ont défendu,
mais sans aucun succès, il faut le reconnaitre, à leurs
subordonnés, ce trop lucratif commerce.

Or, je ne m'attendais guère, moi médecin, avoir, à

Luigny même, un exemple remarquable de l'utilité de cette loi, qui est tombée en désuétude, en France, ou peu s'en faut, grâce à l'incurie des parquets, et à la complicité de gens que la loi a payés et établis, pour surveiller l'exécution des lois, mais qui.....

Voici, en quelques mots, la chose : j'étais à Luigny, l'hôte du curé, l'abbé Challange, un vénérable prêtre s'il en fut, mais d'une santé très débile. Dès le soir de mon arrivée, me sachant médecin, il m'entretint de sa santé, et je jugeai utile de lui prescrire pour le lendemain matin, à prendre à jeun, deux grammes de poudre d'ipéca, en deux paquets. J'écrivis mon ordonnance en toutes lettres.

La seule pharmacie, existant dans le bourg de Luigny, était celle d'une Religieuse appartenant à une maison mère de Chartres. La servante du curé, une sexagénaire verte encore, nommée Hortense, n'aimait pas, je ne sais pour quels motifs, ladite religieuse et se méfiait non-seulement d'elle, mais de ses drogues. En revanche, elle était toute dévouée à son maître, qui subissait quelque peu, comme il arrive si souvent, l'influence de la vieille servante.

Je fus réveillé, le lendemain, dès cinq heures du matin de mon profond sommeil par Hortense, qui voulait, disait-elle, que j'examinâsse moi-même ce que la Religieuse d'en face avait délivré, pour faire prendre à M. le Curé, d'après ma prescription. « Je me méfie de ces drogues-là » disait Hortense : je vous en prie, M. le Docteur, regardez-les de près. »

Après avoir jeté un coup d'œil sur lesdits remèdes, je me bornai à dire à Hortense, que j'allais moi-même administrer la chose à M. le Curé, et me lever immédiatement.

Elle se retira alors, et dès que je fus habillé, au lieu d'aller dans la chambre du curé, je demandai à parler d'abord à la sœur-pharmacienne. Hortense fort intriguée, mais déjà presque radieuse, car elle pressentait une erreur grave, m'indiqua la porte, située presqu'en face de celle du presbytère.

Dès que j'eus réussi à faire ouvrir sa porte à la Religieuse, je la priai d'examiner le contenu des deux petits paquets d'une part — et d'autre part de relire la teneur de mon ordonnance. La pauvre femme pâlit, faillit s'évanouir, puis m'expliqua qu'elle s'était trompée de flacon ; que la poudre d'ipéca se trouvait tout à côté du flacon de l'acide oxalique (sel d'oseille) et que... Bref, elle me conjura de lui conserver le secret. Je le lui promis et je tins parole, comme on va voir.

Je revins au presbytère, et sans vouloir écouter les propos de la servante, j'entrai de suite dans la chambre du bon curé, auquel je fis prendre sa poudre d'ipeca, comme eut pu le faire un infirmier dévoué. J'étais très heureux d'être réellement utile à ce digne homme. Il en ressentit le plus grand bien.

Mais Hortense me poursuivait partout, cherchait à lire dans mes yeux et ne cessait de me questionner. Intérieurement, j'étouffais de rire de la déconvenue de cette bonne vieille dévote qui ne parvenait, à son grand dépit, à obtenir de moi que des réponses évasives et quelque peu rebarbatives qui la contraignaient de rentrer dans sa coquille. Le curé, d'ailleurs, ne pouvait se douter de rien, je m'étais bien gardé de prononcer une seule syllabe qui pût le mettre au courant du danger terrible, auquel il venait d'échapper. Terrible, en effet : car s'il eût ingéré les deux grammes de sel d'oseille, des vomissements de sang d'abord, puis une perforation de l'estomac, puis une péritonite suraigüe se fussent produits, et la mort serait survenue en moins de deux heures, après d'indescriptibles souffrances.

Vers dix heures du matin, je vois arriver Hortense ravie et transfigurée : elle tenait sa proie ! la pauvre niaise de sœur elle-même, les larmes aux yeux, lui avait tout raconté !... et ce qu'il y avait de plus joli, la sœur lui avait demandé de lui conserver le secret ! oui, le secret, à une femme, à son ennemie, à une dévote, que dis-je, à une servante de curé !...

Je n'insiste pas, chacun d'ici voit le tableau. J'ai retrouvé dans mes papiers plusieurs lettres que m'adressa, après la guerre, l'abbé Challange.

Celle du 3 avril 1871 me paraît mériter d'être citée en entier, sans en rien retrancher, car elle nous fournit divers renseignements fort intéressants :

Luigny, le 3 avril 1871.

MON CHER MONSIEUR LE DOCTEUR,

Enfin, vous me transmettez la bonne nouvelle que vous êtes chez vous sain et sauf, après mille périls et mille dangers.

Que de fois la mère Hortense et moi nous nous demandions : notre bon docteur est-il encore de ce monde ? Je vous remercie bien cordialement d'avoir, à votre tour, profité du premier moment libre pour m'écrire l'expression de vos bons sentiments et me rassurer sur le compte de votre existence qui me conserve un ami et un sauveur. Je ne mérite pas la chaleureuse reconnaissance que vous me témoignez et je serais bien ingrat d'oublier que je vous dois la vie. Je garde aussi bon souvenir des heureux instants que nous avons passé ensemble à l'ombre de mon modeste presbytère. J'espère bien vous y revoir un jour. Que de choses à se dire, vous de vos batailles et moi de l'occupation des Prussiens qui sont venus s'asseoir à notre foyer. Le 21 novembre, 1500 Bavarois sont tombés sur Luigny, comme vous devez le savoir. Mais ce que vous ne savez probablement pas, c'est que je l'ai échappée belle et pour cause.

Le matin, j'étais parti visiter des malades. Pendant mon absence, les Prussiens arrivent. Figurez-vous que le fusil de F... était encore dans le corridor et, de plus, chargé. Votre malle et votre épée faisaient aussi l'ornement de la chambre qui avait été honorée de votre présence.

Heureusement, qu'à la vue des Prussiens qui entraient dans ma cour, la mère Hortense ne perdit pas sa tête. Elle courut vite porter le fusil dans mon fournil et cacher la malle et l'épée sous du linge sale, dans un vieux cabinet.

Le premier danger était passé et j'arrivai ensuite.

Mais le soir, sur les 8 heures, une patrouille fouilla minutieusement l'église et le clocher pour y rechercher des armes. Heureusement, pour moi, que mon église était restée vierge de cette sorte de dépôt ; mais la nuit suivante, je ne pus dormir, songeant au fusil, à votre malle et épée et à des pistolets que j'avais cachés dans le petit grenier de mon fournil. Les Prussiens pouvaient y aller voir, et, comme le lièvre de la fable, j'étais en peur. Je n'eus de repos les jours suivants qu'en confiant votre malle au Général Le Breton, avec tous les autres objets suspects. Le tout fut déposé dans une cachette. Dernièremant, je n'ai pu reprendre que la malle. L'épée est, m'a-t-on dit, dans un coffre du cocher qui est à Paris en ce moment et qui ne peut revenir. J'ai expédié la malle samedi dernier 1er avril. C'est le seul poisson que je puisse vous envoyer pour le moment.

Les Prussiens ont quitté Luigny définitivement le mardi 14 mars. Puissent-ils n'y jamais rentrer ! Mais pendant quatre mois de leur invasion et occupation, je n'ai pas été le moins surchargé. La première fois, j'en avais douze à loger et quinze à nourrir, tant officiers que domestiques, qui ne sont pas les moins rapaces. Ma cave a rudement souffert. Si nous avions seulement la paix, le calme intérieurs, on pourrait se refaire ; mais l'avenir n'est pas beau. Où allons-nous ? Personne ne peut le dire. C'est aux bons citoyens à se serrer comme un seul homme, et justement ceux qui s'affublent de ce titre jettent la désunion et le désordre partout.

Oh ! que nos illusions étaient grandes, alors que tous les deux nous nous prenions à qui mieux mieux à former de beaux rêves pour notre pays. Le bon Dieu en a disposé autrement, c'est à nous de nous courber sous la main mytérieuse de celui qui a son heure. Non ! la France ne périra pas.

Je ne manquerai pas de saisir avec empressement la première occasion de présenter votre souvenir à Monsieur le Curé de Montigny. De mon côté, je vous prie d'offrir mes respectueux hommages à MM. vos Oncles, dont je serais très heureux et très fier de faire la connaissance.

Bien le bonjour à F..., le benjamin d'Hortense et une caresse de ma part à votre pauvre Bucéphale qui a si dignement et si glorieusement partagé avec vous les fatigues et les dangers d'une guerre meurtrière.

Au plaisir de vous serrer bientôt la main.

Hortense ne vous oublie pas et vous présente son respect.

Votre tout dévoué client et ami,

CHALLANGE, *Curé de Luigny.*

THIRON

La colonne française qui battait en retraite sur Bellême et dont le bataillon de Mortain formait l'arrière-garde, arriva à Thiron vers onze heures du matin. Nous renvoyons le lecteur au récit qu'à donné de cette chaude journée, M. de Mauni, dans les *Mémoires sur l'armée de Chanzy,* 2ᵉ édition, page 85 et suivantes.

Ayant aperçu une ambulance locale, avec drapeau de Genève, je m'y rendis, et je fus mis en relation immédiatement avec le médecin de la localité, un homme excellent et plein de dévouement. A nous deux, nous pûmes soigner et panser les blessés au fur et à mesure qu'ils nous furent apportés : nous n'étions qu'à quelques centaines de mètres du champ de bataille. J'avais donné pour consigne à mon ordonnance de tenir mon cheval sellé à la porte même de l'ambulance et de me prévenir aussitôt qu'il apercevrait les Prussiens. Je fus prévenu vers quatre heures du soir, et j'eus assez de peine à trouver un chemin détourné pour rejoindre la colonne.

Je n'avais pas mangé depuis la veille, et il fallut marcher encore pendant toute la nuit, mourant de faim, de soif, de froid et de sommeil; une pluie glaciale nous inondait, tout le monde souffrait horriblement. Nous voyions sur notre droite, tout près de la colonne, des fusées que l'ennemi employait comme signaux, et qui éclataient dans la nuit noire.

L'ardeur des Prussiens à nous poursuivre fut singulièrement refroidie par le combat de Thiron, dans lequel ils perdirent au moins cinq cents hommes; ils n'osèrent occuper Thiron que le lendemain matin, et nous ne fûmes nullement inquiétés dans notre retraite.

BELLÊME

Quand nous arrivâmes à Bellême, nous étions absolument épuisés et à bout de forces. Nous trouvâmes la ville regorgeant de toute espèce de troupes. Je fus assez heureux pour trouver à manger chez un boulanger, puis je m'endormis sur une chaise, d'un sommeil de plomb, dont je fus tiré bientôt par mon ordonnance, qui venait me prévenir de la part du colonel, que nous allions nous mettre en route pour occuper le soir, les positions de Saint-Jean-de-la-Forêt.

Quand nous nous fûmes reformés sur la route indiquée, nous apercevions dans le lointain, les casques prussiens qui émergeaient de tous les bois environnants. Mon cheval aussi fatigué que moi, ne voulait pas tenir en place; je dormais en selle malgré moi, et je manquais à chaque instant de tomber, en me réveillant en sursaut. Je demandai alors au colonel de m'indiquer la localité que nous devions occuper; il me fit voir sur la carte où se trouvait Saint-Jean-de-la-Forêt, et, avec son assentiment, je partis dans cette direction-là, afin de faire préparer d'avance, comme il me le recommanda, des granges et de la paille pour que nos hommes brisés pûssent au moins dormir en arrivant. Puis, je m'enfonçai à cheval dans la direction voulue. Je croisais en route, à chaque instant, un grand nombre de fuyards de toute sorte; paysans affolés, francs-tireurs noirs de poudre, etc., plusieurs balles sifflèrent autour de moi. J'avançais toujours, n'ayant qu'un seul objectif: atteindre le village où nos hommes devaient passer la nuit et leur faire préparer de la paille dans tous les locaux disponibles.

La première personne que j'aperçus en arrivant sur la hauteur où est situé le bourg de Saint-Jean-de-la-Forêt, fut le curé, entouré d'un groupe d'habitants, parmi lesquels se trouvait le maire. Je leur fis part de ma mission: ils se mirent sans retard à l'œuvre, et une heure plus tard, nos hommes pouvaient arriver; il y avait un bon lit de paille dans une quantité de granges, d'étables et même dans la maison d'école, je crois.

Le bon curé, qui avait eu pour supérieur au grand séminaire l'abbé Louvel, mon oncle, m'offrit à souper, en attendant l'arrivée de nos camarades du 30°. Puis, brisé de fatigue, je m'endormis. Le lendemain matin, dès cinq heures, M. le curé me réveilla et m'apprit qu'il y avait eu un combat livré la veille, très tard, sous Bellême, que les Français avaient évacué la ville et le pays et que les Prussiens occupaient Bellême. Il ajouta: Levez-vous vite, et ne tardez pas, car les habitants de mon bourg craignent que les Prussiens, que nous attendons d'une minute à l'autre, ne vous prennent pour un officier français, et ne leur fassent payer cher votre présence dans notre bourg. Je compris à demi mot : je montai rapidement à cheval, et sans la moindre hésitation, j'allai droit sur la grande route de Bellême, où je savais trouver l'ennemi. J'avais deux raisons pour agir ainsi : d'abord, et avant tout, je voulais aller voir si, à l'hôpital de Bellême, ne se trouvaient pas des blessés de mon régiment ; et puis, confiant dans la convention de Genève, je me proposais d'en demander l'exécution au général prussien. Il m'arriverait ce qui pourrait : à la grâce de Dieu !

Je fis trois kilomètres sans voir d'ennemi ; mais arrivé sur la grande route, je la trouvai remplie de cavalerie et d'artillerie prussiennes. Les chevaux étaient en bon état, mais les hommes très sales, très éreintés, très surmenés, me laissèrent passer, presque sans faire attention à moi. A chaque officier prussien que je rencontrais, je demandais : « Où est votre Général ? » Ils me montraient du doigt, Bellême, et je poussais toujours de l'avant.

C'est ainsi que je parvins jusqu'à l'hôpital, où les sœurs qui m'avaient vu la veille, me reconnurent.

Les sœurs de Saint-Vincent-de-Paul, desservaient et desservent encore, j'espère bien, l'hôpital superbe dont Bellême a le droit de s'énorgueillir. La vue de leur blanches cornettes me fit du bien. Je les mis tout de suite au courant de ma situation. Elles me dirent qu'elles avaient des mobiles malades. J'allai les voir, et une dizaine qui étaient du pays de Mortain, s'écrièrent : Ah ! notre docteur ! Les uns avaient les pieds en bouillie ; les autres de graves bronchites. Je les soignai et les pansai tout d'abord et je les récommandai aux sœurs, qui en avaient d'ailleurs le soin le plus touchant. Ces jeunes gens m'apprirent alors que la veille au soir, tous les Français avaient évacué Bellême, pendant que les marins se dévouaient pour protéger la retraite. Voilà comment, n'ayant pu connaître l'ordre de la retraite, je me trouvais dans les lignes prussiennes ! Notre 3o° régiment avait pu suivre l'ordre de retraite.

Il y avait trois autres médecins allemands, deux jeunes blonds, qui étaient polis avec moi, et un vieux très galonné et qui était très rogue avec tout le monde. Il fut tacitement convenu entre nous quatre, que j'aurais soin, moi, des blessés et malades français. Eux, bien entendu, se reservaient les leurs, auxquels j'étais inutile, puisque je ne savais pas un mot de leur langue.

Plusieurs de mes blessés français se trouvaient dans une grande salle, dont la majeure partie des lits improvisés étaient occupés par des hulans mourants, portant dans la poitrine des plaies horribles, faites par les balles de chassepot, plaies par lesquels ils respiraient ! Je vis les médecins allemands, qui ne cherchaient nullement à leur faire illusion sur leur mort imminente, se pencher sur chacun d'eux, et prendre par écrit, avec un grand soin, leurs noms, prénoms, et les adresses de leur famille, avec leurs dernières recommandations.

Dans un angle de cette grande salle, se trouvait couché un tout jeune homme, qui me dit quand j'approchai de son lit : mais je vous connais, il me semble ! N'étiez-vous pas il y a trois ans au quartier latin ? Il me cita des amis communs. Nous nous étions rencontrés alors chez l'un d'eux, et il me reconnaissait. Moi je ne le remettais pas, mais aux détails nombreux et précis qu'il me fournissait en abondance, je ne pouvais douter. Il parlait français d'ailleurs comme moi. Il n'avait pas plus de 27 ans et était

lieutenant dans l'armée allemande. Je profitai de cette rencontre inattendue pour m'informer auprès de lui, comment
je devais m'y prendre pour regagner les lignes françaises,
en vertu de la convention de Genève. Il me remit, au crayon,
un petit mot en allemand, à l'adresse du Général-
Commandant qui, me dit-il, doit se trouver encore à
Bellême.

Bien que les rues fussent alors encombrées d'artillerie,
de cavalerie et de fantassins allemands qui ne faisaient que
de traverser la ville pour se rendre chacun au poste qui
leur était assigné, je parvins cependant à me tirer de cette
indescriptible bagarre en demandant à chaque officier
allemand que je rencontrais où se trouvait leur général.
Ils voyaient bien à ma tenue que j'étais médecin français,
et ils me répondaient à peu près tous, « *plus haut, plus
haut* », en me désignant la haute ville.

Je parvins ainsi à une maison basse, assez confortable,
située au haut de la ville. Je vis un seul factionnaire à la
porte : je lui demandai « Général ? » il me montra un
escalier que je montai, et au premier palier, je trouvai une
bonne en tablier blanc, à laquelle je demandai si c'était
bien ici que se trouvait le général prussien. Elle m'indiqua
une porte. Je frappai : j'entendis une voix rude me répondre : *Enn... trez.* — J'entrai, et je vis, couché dans des
draps bien fins et bien blancs, un petit homme de 55 ans
environ, maigre, à favoris épais, poivre et sel, aux yeux
perçants, coiffé sur son oreiller de sa casquette de petite
tenue, qui me toisa des pieds à la tête et qui me dit brusquement, en scandant chaque syllabe : « *Qui êtes-vous ? que
voulez-vous ?* » — « Je suis médecin français pris avec mes
blessés au combat d'hier soir et je demande, en vertu de
la convention de Genève, à être reconduit aux avant-postes.
Je suis actuellement à l'hôpital, à soigner les malades et

les blessés, de concert avec vos médecins. J'y ai trouvé un jeune lieutenant de votre armée, qui m'a remis ce petit mot pour vous et m'a engagé à m'adresser directement à vous. — « Voyons cela ! et après avoir lu : *Vous êtes médecin, dites-vous, qui me le prouve ?* »

— « Mais, ce brassard que je porte et qui est revêtu du timbre de l'Intendance du Mans : puis ma lettre de service que j'ai là dans mon portefeuille et que j'exhibai.

Après avoir lu très attentivement ces pièces et m'avoir toisé et dévisagé de près : « Oui, oui, je vois bien que vous portez ces choses-là, qui sont authentiques, mais je vous trouve bien jeune !... » Et après un instant de réflexion : « Tenez, me dit-il, puisque vous vous dites médecin, eh bien, prouvez-le moi. Je suis malade, moi, donnez-moi une consultation... » — « Je ne demande pas mieux, dis-je, et puisque vous le voulez, je vais vous interroger comme si vous étiez un malade ordinaire. » — « Mais je ne demande que cela : faites !... »

Alors, je le questionnai, je le palpai, je l'examinai des pieds à la tête, exactement comme s'il eut été un de mes malades à l'hôpital. Il souffrait de douleurs rhumatismales. Il ne me laissa pas aller jusqu'au bout, jugeant sans doute l'épreuve suffisante : « Oui, me dit-il, je vois bien maintenant que vous êtes médecin. » — « Eh bien ! alors, général, vous devez comprendre combien j'ai hâte de rejoindre mon régiment. Je vous demande, avec la plus grande instance, en vertu de la convention de Genève, de me faire reconduire aux avant-postes. » — « Impossible aujourd'hui ni demain. Le troisième jour, je pense que cela sera possible. Vous resterez, d'ici là, à l'hôpital, docteur, à soigner, avec nos médecins, vos blessés et les nôtres. » — « Eh bien, général, je vous demande alors de vouloir bien me donner votre promesse par écrit, afin que je puisse m'en prévaloir dans trois jours auprès du chef qui commandera ici. » — « Oui, je comprends, je veux bien. » Puis après un instant de réflexion, il ajoute : « Oh ! que la guerre est atroce ! Nous en savons bien quelque chose, nous aussi, allez ! Tenez, tel que vous me voyez, avant la guerre, j'avais deux fils, à peu près de votre taille. L'un d'eux a été tué sous mes yeux, à mes côtés ; l'autre est mort de ses blessures... » Et de grosses larmes lui tombaient des yeux... Il faisait peine à voir, ce père navré !

Il sonna son chef d'Etat-major, qui parut presque aussitôt. C'était une sorte d'hercule, le teint très rouge, les yeux à fleur de tête, de 40 ans environ. « Adieu, docteur, suivez mon lieutenant qui va vous remettre l'attestation que vous me demandez. » Je saluai et je suivis l'autre, très décoré et très galonné, qui me fit entrer au rez-de-chaussée dans une petite salle encombrée de cartes et de paperasseries. Nous étions seuls. Il s'assit à la table du milieu, écrivit rapidement en allemand la note qui m'avait été promise, puis, en me la remettant : « Gardez cela, fit-il. Vous présenterez ce petit mot, dans trois ou quatre jours, au commandant de place ; car, vous pensez bien, nous allons tantôt quitter cette ville et aller de l'avant !... » Puis, après une pause : « Vous êtes médecin, je puis converser avec vous : où en est-elle, la France, la France invincible, la France de Louis XIV et de Napoléon ! Qui nous aurait jamais dit que nous, Allemands, nous serions aujourd'hui à Bellême et que la France entière obéirait à un Monsieur Gambetta ! » Je soutins sans défaillir le feu de ses yeux et je lui répondis seulement : « Mais, tant que vous serez en France, par patriotisme, nous obéirons tous et sans hésiter à celui qui commande et qui a l'autorité de fait ! C'est votre seule présence qui nous oblige à subir sa dictature. »

— « N'importe, reprit-il, et il en revenait toujours là, la France de Louis XIV, en être réduite à obéir à un Monsieur Gambetta ! » Puis, après un instant : « Il est à Tours, votre Monsieur Gambetta ! Eh bien, nous sommes, nous, aujourd'hui (il prit une carte) *à Bellême*. (Il chercha Bellême sur sa carte). Voici *Tours*. De Bellême à Tours, il y a une... deux... trois étapes. Dans trois jours, nous serons à Tours (et avec un geste circulaire des deux bras), *alors nous ramasserons votre Monsieur Gambetta.* » Comme il me regardait en souriant. — « Et après ? fis-je. » — « Ah ! après, eh bien, la guerre sera finie ! Nous vous rapporterons votre cher Napoléon, qui fera votre bonheur comme par le passé, dit-il en riant délicieusement dans sa grosse barbe blonde, et avec lequel nous ferons la paix !... »

Je suffoquais : je m'empressai d'ajouter : « Puisque vous vous sentez si forts, pourquoi ne voulez-vous pas aujourd'hui même exécuter, en ce qui me concerne, la convention de Genève ? » — « D'abord, c'est une mesure générale : jamais nous ne rendons les médecins français avant trois jours au moins [1], parce que leur absence fait du tort et beaucoup, moralement surtout, à l'ennemi : ensuite, parce que, voyant nos mouvements, vous en informez vos généraux. » — « Oh ! vos mouvements ! Il faut avoir fait des études spéciales pour les comprendre, j'imagine ! Moi, je

---

[1] « M. le Dr Libert, médecin du 1er Bataillon de l'Orne, n'ayant pas « voulu abandonner les blessés qu'il avait été impossible d'enlever totale- « ment, fut retenu pendant trois jours prisonnier des Prussiens. C'était « après le combat de la Fourche (21 novembre). »

Lieutenant-Colonel des Moutis, *Mémoires*, 1872, p. 71, Alençon, typographie De Broise.

Ainsi, à quelques lieues de distance, sans pouvoir nous en douter, et dans les mêmes jours, nous étions retenus prisonniers par les Prussiens, mon cher confrère et ami, M. Libert, aujourd'hui Sénateur, et moi.

vois bien des troupes de toutes armes qui encombrent Bellême, mais j'avoue franchement que je serais tout aussi embarrassé d'expliquer vos mouvements, que vous, sans doute, de panser un blessé ou de soigner une variole ou une fièvre typhoïde. » — « Oui, oui, vous ne manquez pas de présence d'esprit, je vois cela, mais vous resterez avec nous trois ou quatre jours : vous aiderez nos médecins à soigner tous les blessés de l'hôpital, les vôtres comme les nôtres. »

Je me retirai alors et, quand je me trouvai de nouveau dans la rue, ma tête était en ébullition. Que j'aurais payé cher pour pouvoir raconter ce que je venais d'apprendre au Préfet d'Alençon !

*
* *

Je rentrai à l'hôpital avec l'idée fixe de m'évader au plus vite et de me rendre tout d'une traite à Alençon.

J'appris alors par une sœur de l'hôpital que le père Duguey, de Tinchebray, aumônier d'un bataillon de l'Orne, était, lui aussi, prisonnier et qu'il se trouvait au couvent des sœurs de la Providence. J'avais connu et aimé beaucoup le père Duguey, pendant plusieurs années qu'il avait été notre aumônier au collège d'Argentan. Je ne l'avais pas revu depuis dix ans. Je m'empressai de me rendre auprès de lui. Nous nous embrassâmes en pleurant. Je le trouvai tout triste et presque démoralisé. Il n'osait sortir. Il avait fait demander à l'aumônier catholique allemand, qui était descendu au presbytère de Bellême, si les Prussiens lui permettraient de rejoindre son bataillon. Il lui fut répondu que la convention de Genève ne stipulait rien de spécial au sujet des aumôniers, qu'ils étaient prisonniers, au même titre que les autres officiers. Le père Duguey me parut bien décidé à risquer une fois de plus sa vie pour ses chers enfants, comme il appelait ses mobiles, qui l'aimaient tous, en s'échappant à pied, à la grâce de Dieu, pour aller les retrouver, et c'est en effet ce qu'il fit, dès le lendemain soir, simplement, mais héroïquement, sa petite valise à la main, au milieu d'un pays occupé par l'ennemi et risquant à chaque pas d'être fusillé.

Je ne remue pas, à vingt ans de distance, sans une émotion profonde, tous ces souvenirs qui me touchent de si près. Le père Duguey me dit : « Surtout ne quittez pas Bellême sans aller voir M. le Curé, qui est un ancien élève de votre oncle au Grand Séminaire et qui a la plus grande vénération pour l'abbé Louvel et tous les siens. Il sait que vous êtes ici ; il m'a fait dire qu'il voulait vous voir. » Je quittai le bon père Duguey, j'allai faire ma visite du soir auprès de tous mes malades à l'hôpital, puis j'allai voir ensuite M. le Curé de Bellême qui me reçut à bras ouverts et me parla de toute ma famille maternelle dans des termes que je n'oublierai jamais.

Je tenais à voir l'aumônier catholique allemand : je l'entretins du cas du père Duguey, mais sans résultat utile. Il parlait mal le français. Il avait l'aspect et le costume d'un pasteur protestant, une grande redingote noire, pantalon et gilet noirs. Il avait rang de capitaine. Il disposait d'une calèche à deux chevaux pour son usage personnel et dans laquelle il transportait tout ce qui lui était nécessaire pour le culte. Il disait la messe militaire chaque dimanche. Tous les soldats catholiques du régiment y assistaient, par ordre.

Quand donc, chez nous, les aumôniers militaires pourront-ils jouir des mêmes prérogatives que dans la protestante Allemagne ? Quand donc nos braves soldats pourront-ils,

dans notre catholique France, mourir sur le champ de
bataille ou à l'hôpital, après avoir reçu les consolations
suprêmes de la Religion de leurs pères, et dans laquelle
leurs mères les ont élevés? Quand donc, en France, au nom
de la tolérance et de la liberté, cessera-t-on de traiter —
cent ans après 1789 — en ennemis et en parias ceux
qui pratiquent et ceux qui respectent la Religion des
ancêtres ?... [1]

* * *

Je pus enfin, pour la première fois depuis sept jours,
dormir une nuit entière. Toute la matinée de ce second
jour que je passais à l'hôpital de Bellême fut consacrée à
mes devoirs professionnels envers tous les malades et
blessés français de l'établissement. Je fis plus ample
connaissance avec mes confrères allemands, dont je n'eus
nullement à me plaindre. Je racontai au jeune lieutenant
mon entrevue de la veille avec son général. Je lui fis lire
l'autographe du chef d'Etat-Major : il me le traduisit.
Voici quelle en était la teneur : « Monsieur le docteur Bidard
« n'a pas encore reçu aujourd'hui, le 23 novembre, la
« permission du général V. Wittich, de retourner à son
« corps d'armée. Il est, au contraire, prié de s'occuper en
« attendant à l'hôpital de Bellême et il recevra la permis-

---

[1] Les Catholiques, en Allemagne, connaissent par expérience la valeur
des deux proverbes : « *Aide-toi, le ciel t'aidera, — Vouloir fait pouvoir.* —
Leur exemple est bon à méditer. Ils ne sont, là-bas, qu'une infime minorité,
mais par l'union, la cohésion, la discipline intelligente du parti, ils savent,
eux, imposer à tous, à von Bismarck tout le premier, le respect de leurs
droits. Après avoir battu le chancelier de fer, ils l'ont conduit, l'oreille basse,
là où il s'était vanté de n'aller jamais, à Canossa, et depuis, ils l'y ont
toujours maintenu d'un bras solide, le nez dans son fameux Kulturkampf.
C'est là un des faits les plus étonnants de notre siècle.

« sion de s'en aller, dès que les circonstances le per-
« mettront.

« Signé : Von Holleben
« Chef d'Etat-Major.

« 23 novembre 1870 ».

Je n'ai eu garde de perdre ce document écrit au crayon.
Après vingt ans, les caractères allemands, écrits à la hâte,
sont encore très lisibles. De l'autre côté de ce papier se
trouve écrit, aussi en langue allemande, le mot que m'avait
remis le jeune lieutenant. En voici la traduction : « Monsieur
« le docteur Bidard (de l'armée française) demande quand
« il pourra être reconduit aux avant-postes.

« Von Stein
« Lieutenant au 75e Infant. royale.

« Au Général Von Treskow. »

Il est bien démontré, je crois, que le général du corps
d'armée, qui opérait contre nous, était Von Treskow et que
le général Von Wittich, que j'avais trouvé au lit, était le
commandant de la division qui occupait alors Bellême,
sous les ordres de Treskow.

Cependant le général Treskow avait dû passer par
Bellême la veille au moins, puisque le lieutenant m'adres-
sait à lui directement.

*
* *

Toute la journée du 24 novembre, les troupes prussiennes de toutes armes ne cessèrent de défiler à travers
Bellême : elle prenaient toutes, me dit-on, la direction de

Mamers, à la poursuite de l'armée française, qui avait heureusement une belle avance.

Je rongeais mon frein de ne pouvoir partager le sort de mes chers amis du 3oᵉ Régiment. J'étais d'une inquiétude mortelle sur leur sort. Pourraient-ils atteindre le Mans sans être trop inquiétés ? *Dans trois jours, nous serons à Tours,* m'avait dit le chef d'Etat-Major : cette parole ne me sortait pas de la tête : mon esprit était envahi par les plus sombres pressentiments.

Je retournai pour voir le père Duguey : le pauvre brave et saint homme était déjà parti, au péril de sa vie, à la recherche de ses enfants. Je pris alors la résolution d'en faire autant le lendemain 25 novembre.

***

Quand je me réveillai le lendemain matin, changement de décor à vue !... L'hôpital était à moitié évacué déjà par l'ennemi. Ils emmenaient tous leurs malades et tous leurs blessés, *même ceux qui allaient mourir.* Le lieutenant Von Stein, déjà habillé et qui se disposait à quitter la salle, me dit qu'un ordre de Versailles était arrivé à minuit, prescrivant aux Prussiens de se replier en toute hâte sur Chartres d'abord. Il attribuait cet ordre à une victoire française remportée sous Paris. Ils paraissaient tous très inquiets, très sombres et très furieux d'être dérangés dans leurs calculs et dans leur rôle de victorieux. Je puis dire que j'ai de mes yeux vu, moi, ce qui s'appelle vu, des Prussiens aussi battre en retraite. Tout le monde n'en pourrait pas dire autant. Un des médecins prussiens me donna, en me quittant, sa carte, que je ne lui demandais pas, certes. Je lui répondis, en souriant de la drôle de tête qu'il faisait alors, que je ne désespérais pas d'aller lui rendre sa politesse dans son pays... « Non, non, jamais ! France à jamais perdue !... », fit-il avec un geste tragique.

Il faut avoir assisté à cette scène de délivrance d'une population tout entière. Jamais je n'oublierai l'immense soupir de soulagement qui s'échappa de toutes les poitrines, l'air radieux de tous les visages ! Et puis cette victoire française sous Paris investi faisait bondir de joie et d'espoir tous les cœurs !

Il fallait que l'ordre de retraite, reçu de Versailles, fut bien impératif pour que les Prussiens missent tant d'activité et de précipitation à battre ainsi en retraite et à évacuer Bellème. Dès neuf heures du matin, la ville était débarassée de leur présence, à peu près complètement ; il ne restait, sur toutes les routes des environs, que des hulans chargés d'éclairer la retraite.

***

Or, je fus témoin, à Bellème, vers neuf heures et demie du matin, du fait suivant : un interminable défilé de moutons, conduit par une douzaine à peine de cavaliers prussiens, qui paraissaient exténués de fatigue. Ils étaient surtout terrifiés de voir la ville évacuée par les leurs et aussi par le danger qu'ils couraient tous personnellement, ainsi que leur butin. Il eût suffi, en effet, de quelques coups de fusil pour rentrer en possession de ce troupeau qui comptait plusieurs milliers de moutons. Je ne puis dire ce qu'il advint de ces moutons, car vers dix heures et demie du matin, je quittai l'hôpital et je gagnai au grand trot de mon cheval, le plus rapidement possible, Alençon.

A mon départ de Bellême, je reçus quelques coups de fusil de hulans attardés et, une lieue environ avant d'atteindre Alençon, j'essuyai encore, sans aucun mal heureusement, une décharge de mousqueterie d'un peloton de mobilisés, postés sur une hauteur dominant la route. Ces guerriers-là me prenaient, eux aussi, pour un hulan, sans doute.

ALENÇON

J'avais pris des chemins de traverse, afin d'éviter le danger des grandes routes, encore infestées de hulans, pour aller de Bellême à Alençon, si bien que la distance parcourue était d'au moins dix lieues. Dès mon arrivée à Alençon, après avoir mis mon cheval à l'écurie de l'Hôtel de France, je m'empressai, avant de prendre le moindre aliment, d'aller trouver le Préfet de l'Orne, auquel je fis le récit le plus détaillé possible de tout ce que j'avais vu et entendu à Bellême. J'étais le premier français dont il recevait le témoignage sur les évènements auxquels j'avais été mêlé à Bellême. Le récit de ma conversation avec le général Von Wittich et avec son chef d'état-major parut l'intéresser vivement. Il ne cessa de prendre des notes pendant que je parlais et il me dit qu'il allait sans retard télégraphier tout cela à Tours.

Il était environ six heures du soir. Je dinai et je ne tardai pas a aller me reposer. Le lendemain matin, 26 novembre, je me présentais chez le général de Malherbe, commandant la place d'Alençon, pour lui expliquer ma situation et pour lui demander où je pourrais rejoindre mon 30e Régiment de Marche.

Je fus très chaleureusement félicité par lui, comme par le Préfet d'ailleurs. Il me dit que je devais rejoindre le

Mans d'abord, où l'on m'indiquerait exactement la localité occupée par les nôtres. Il voulut bien m'accorder spontanément, par écrit, deux jours de repos que j'allai passer à Sées, auprès de mon oncle, M. l'abbé Louvel, doyen du chapitre, auquel je rapportai fidèlement tous les témoignages de vénération que j'avais recueilli à son adresse tout le long de ma route, depuis notre entrée dans le département de l'Orne.

LE MANS. — SAINT-CALAIS

Le 29 au matin, j'arrivais au Mans. Je présentai au commandant de place l'ordre du général de Malherbe et j'appris que mon Régiment devait se trouver à Saint-Calais et qu'il faisait partie du 21ᵉ Corps (Jaurès), 3ᵉ Division (Guyon), 2ᵉ Brigade (du Temple).

Je fis sur mon cheval l'étape du Mans au Grand-Lucé, que le 21ᵉ Corps avait quitté la veille. Le lendemain, j'arrivai, toujours à cheval, à Saint-Calais.

Je crus devoir me présenter tout d'abord au quartier général, où j'intéressai vivement par mon récit le général Jaurès qui me demanda de lui rédiger un rapport pour l'expédier immédiatement à Tours.

On m'indiqua et je trouvai, non sans peine, l'endroit où étaient campés mes amis de la Manche. Ils me croyaient mort. La joie fut grande pour eux et pour moi. Nous en avions long à nous raconter mutuellement. Ce fut là que je campai sous la tente, par un froid sibérien, pour la première fois de ma vie. Nous étions quatre par tente, séparés de la terre gelée par une mince couche de paille. Heureusement que j'avais pu me procurer au Mans quelques fourrures.

VENDOME. — MORÉE

Le lendemain 2 décembre, au moment où nous quittions Saint-Calais pour aller à Vendôme, je me rappelle fort bien que nous entendîmes tous, très distinctement, une forte canonnade qui dura plusieurs heures. C'était le canon de la bataille de Patay.

———

Il n'entre nullement dans ma pensée de refaire, étape par étape, le récit qui a été d'ailleurs si bien fait par M. Roger de Mauni, dans son ouvrage sur l'armée de Chanzy (1). Il a, en quelque sorte, photographié jour par jour les évènements auxquels nous prîmes part, nous surtout, mobiles de la Manche et du pays de Mortain.

Je ne puis donc rien faire de mieux que de renvoyer le lecteur à cet ouvrage. Je me bornerai, pour terminer ce simple récit de mes impressions personnelles, à rappeler quelques épisodes auxquels j'ai été plus directement mêlé, de par mes fonctions et ma profession.

———

Nous ne fîmes que traverser un faubourg de Vendôme et nous allâmes camper, à Morée. Le froid était devenu très vif, les malades devenaient de plus en plus nombreux. Avant d'atteindre le bourg de Morée, j'éprouvai peut-être le plus grand froid que j'aie ressenti de ma vie. Ceux qui étaient à cheval durent descendre pour ne pas geler en

(1) *Mémoires sur l'armée de Chanzy*, par R. de Mauni, Capitaine aux gardes mobiles de Mortain, 1872, Paris, Dentu, 2ᵐᵉ édition, in-12.

selle. Nos pauvres mobiles souffraient beaucoup. Les
étapes étaient longues : les chaussures étaient en très
mauvais état. Nous campions tous, chaque soir, sous nos
petites tentes à quatre places. Chaque matin, le nombre des
malades à évacuer sur l'hôpital était grand.

MARCHENOIR

Le 6 décembre, nous approchions de Marchenoir, où
devait se livrer la grande bataille de cinq jours consécutifs. Nous étions à la Colombe : nous eûmes la joie de
voir arriver une petite ambulance, dirigée par mon très
aimable et très distingué confrère, M. le Dr Hantraye, de
Saint-Hilaire-du-Harcouet (Manche). C'était cette ambulance, destinée au bataillon de Mortain, dont m'avait parlé
Mgr Bravard, évêque de Coutances, dans sa lettre du
14 novembre 1870, citée plus haut, page 25.

A cette ambulance étaient attachés un jeune pharmacien,
M. Guérin, très zélé, et quatre jeunes séminaristes volon-
taires, très courageux, comme brancardiers : la voiture était
bien attelée, solide et abondamment pourvue de médicaments et d'appareils de pansements. Ce fut avec bonheur
que je saluai l'arrivée de cette providentielle bonne for-
tune, qui allait rendre tant de services à tous nos pauvres
mobiles, si bons, si courageux, si disciplinés, si malheureux
et qui étaient si reconnaissants de tous les soins que nous
leurs donnions. Quand ils apprirent que c'était le pays
mortainais tout entier, l'évêque en tête, qui s'était cotisé
pour faire les frais de cette ambulance (il y en avait une
pour chaque bataillon de la Manche), des larmes de reconnaissance s'échappèrent de bien des yeux.

Je ne saurais le dire trop haut, ce qui a contribué le

4

plus à cette excellente et cordiale harmonie qui n'a cessé de régner pendant toute la campagne entre nos pauvres m'oblots de la Manche et leurs officiers de tout grade, c'est que, chefs et soldats, tout le monde indistinctement couchait sous la tente et partageait les mêmes privations et les mêmes souffrances morales et matérielles. Elles étaient grandes celles-là, comme celles-ci, convenons-en. Nous avions avec nous un vieux capitaine de l'armée active, M. Montecot, de Saint-Hilaire, qui, retraité depuis plusieurs années, lors de la déclaration de guerre, accourut des premiers, s'enrôler dans le bataillon de Mortain. Il avait 68 ans, je crois. Il avait fait bien des campagnes et notamment la terrible campagne de Crimée. Eh bien! nous avons tous entendu déclarer bien des fois à ce brave des braves, qui donnait l'exemple à tous, que les souffrances, légendaires pourtant des soldats en Crimée, n'étaient rien en comparaison de celles que nous endurions tous. Et puis l'espoir d'écraser sur notre sol et d'en chasser l'envahisseur, nous a toujours soutenu jusque dans les derniers jours.

Nous combattions bien réellement, trop réellement, hélas ! *pro aris et focis*. Que de fois, en voyant nos champs ravagés, les vignes détruites, la terreur et la désolation partout, ces beaux vers de Virgile, qui étaient alors d'une poignante actualité, assiégeaient ma mémoire, comme celle de bien d'autres, j'imagine !....

« Impius hæc tam culta novalia miles habebit !
« Barbarus has segetes ! En quò discordia cives
« Perduxit miseros ! En quis consevimus agros !
« Insere nunc, Melibœ, piros ! pone ordine vites ! etc... [1] »

---

[1] « Un soldat ennemi possédera ces terres cultivées avec tant de soin ! Un barbare, ces moissons ! Voilà où la discorde a conduit nos malheureux citoyens ! Voilà donc pour qui nous avons ensemencé nos champs ! Va maintenant, Mélibée, greffer tes poiriers : va donc aligner tes vignes ! etc.

Ah ! ce n'était pas là, vous pouvez m'en croire, une amplification de rhétorique ! Nous avions bel et bien un rôle et une situation trop terriblement réels ! C'était, non pas avec désespoir, grâce à Dieu, mais c'était avec la rage et l'âpre aspiration de la revanche dans le cœur, que nous marchions tous de l'avant dans cette voie si douloureuse, si atrocement poignante !... On me croira si on veut. J'affirme que, depuis la nouvelle des premiers désastres du mois d'août, une angoisse inexprimable nous serrait tous à la gorge et nous avait fait perdre à tous subitement notre franche et traditionnelle gaieté, si saine et si utile à notre âge. Aucun éclat de rire ne venait, même pendant une seconde, éclairer notre morne recueillement intérieur. L'ennemi foulait aux pieds et opprimait un grand tiers de notre patrie française ! La mort, d'un autre côté, planait sans trève ni merci, jour et nuit et depuis longtemps déjà, sur chacune de nos têtes : nous savions que peu d'entre nous reverraient le doux foyer de la famille ! Et dans quel état ces privilégiés le retrouveraient-ils ?

Veuillez remarquer, lecteur, que ceux, officiers et soldats, qui composaient alors la nouvelle armée française, improvisée en quelques semaines, grâce au bon vouloir de tous, possédaient à peine les éléments du dur métier des armes, métier qui demande de longues années pour être connu sérieusement, et que cette armée-là n'était ni armée comme il eût fallu, ni vêtue, ni chaussée surtout, et qu'elle a tenu tête, pendant cinq mortels mois et par un hiver sibérien, aux troupes les plus aguerries de l'Allemagne, à celles du Prince Frédéric-Charles.

C'était cette armée d'élite, rendue libre par l'odieuse défection de Bazaine à Metz, que combattait la 2ᵉ armée de la Loire, commandée par Chanzy, dont nous faisions partie.

La bataille de Marchenoir dura cinq jours consécutifs. Chaque soir, nous gagnions du terrain : nous avancions même de quelques kilomètres : la bataille commençait au petit jour et le canon tonnait encore la nuit bien close. Jamais nous n'entendîmes pareil vacarme : nous étions placés pour arriver en soutien à toute réquisition : fort heureusement pour nous, nous ne reçûmes pas l'ordre d'avancer. La terre avait une couche de trente à quarante centmètres de neige gelée. Nous étions placés à huit ou neuf cents mètres de la « fournaise », comme dit Victor Hugo.

Bref, pour des causes que nous ignorions, nous reçûmes, le soir du cinquième jour, l'ordre de battre en retraite qui s'effectua lentement, en très bon ordre, sur le Mans. Chaque jour, nous livrions un ou plusieurs combats, tous très meurtriers pour les Allemands, qui cependant avançaient toujours et occupaient le lendemain les positions abandonnées par nous la veille, par ordre.

FRETTEVAL

Le nom de Fretteval me rappelle plusieurs épisodes. Il y avait déjà une heure que la bataille était engagée sur toute la ligne, quand j'informai le Colonel que notre ambulance nous manquait. Je m'étais renseigné de tous les côtés sur la direction prise la veille par l'interminable file des voitures d'ambulance et j'acquis la certitude que ce long convoi avait pris la route d'Épuisay, à 3 lieues au moins de Fretteval. Comme nous ne pouvions nous passer au 30ᵉ Régiment, en cas d'engagement, de cette ambulance, je me proposai moi-même pour aller la chercher et pour la ramener, au plus vite, au milieu de nous : le Colonel m'y autorisa avec empressement. Il y avait six lieues à faire à cheval et, quelques heures après, je ramenais au milieu de nous l'ambulance que j'avais retrouvée, en effet, à Épuisay, où mon ordonnance l'avait suivie.

Nous avions, pour voisins de campement, un bataillon de marine qui reçut le soir l'ordre de reprendre Fretteval à la baïonnette, parce qu'on avait oublié de couper le pont. Il faisait nuit. Le carnage fut terrible. Les Prussiens qui ne comptaient pas sur cette attaque de nuit et auxquels les marins inspiraient une véritable terreur, réveillés dans leur premier sommeil, furent massacrés en grand nombre. Mais, hélas ! de notre côté, nous eûmes des pertes bien cruelles : trois officiers de marine, avec lesquels nous avions pris, sous une grange, le repas du soir, étaient tués et beaucoup de marins tués et blessés.

Les nôtres n'ayant pas donné ce jour-là, je passai ma nuit entière à aider M. le Dr Bertrand, médecin principal, et deux autres jeunes aides-majors de la grande ambulance divisionnaire, à soigner, à opérer et à panser les blessés. Je fus très chaleureusement remercié et félicité par le général du Temple. — Mais, je ne tenais plus ni debout, ni à cheval, le lendemain. Je ne pouvais ni manger, ni presque penser. J'étais anéanti.

LE MANS

Après avoir gagné le Mans par Montdoubleau et Pont-de-Gennes, on nous assigna pour cantonnements le village de Coulaines. Nos pauvres hommes, décimés par les maladies et les privations de toute sorte, purent prendre quelques jours de repos qui leur étaient bien indispensables pour se remettre un peu de la vie atroce que nous menions tous, de jour et de nuit, depuis si longtemps.

Des trois jours de combats qui eurent lieu tout autour du Mans les 10, 11 et 12 janvier, je ne citerai que le souvenir suivant.

Le 12 au soir, la nuit déjà presque arrivée, je me trouvais avec un capitaine d'Etat-Major de ma connaissance, tout près du général Stefani, qui rédigeait un bulletin de grand succès pour la journée : ses troupes avaient victorieusement résisté à toutes les attaques ennemies, et le général, radieux, expédiait le résultat de la journée au général en chef, quand nous vîmes arriver un officier d'ordonnance du général Chanzy, avec un pli qu'ouvrit sous nos yeux le général Stefani. C'était l'ordre de battre en retraite immédiatement. Des larmes de rage coulèrent des yeux du général Stefani.

En quelque sorte pour souligner la situation, notre groupe, dont le centre était le général, essuya à ce moment une décharge de fusils. Les balles sifflèrent tout autour de nous un air que chacun de nous connaissait depuis longtemps. Trois chevaux et deux hommes de l'escorte tombèrent. Renseignements pris, c'était des mobilisés de la Gironde qui nous avaient pris pour un groupe de Prussiens.

Ces bons Prussiens n'étaient pas si loin de nous que tous nous étions en droit de le supposer, puisqu'ils n'avaient fait que reculer depuis midi. Grâce à la nouvelle de la prise du Mans, qu'ils avaient reçue sans doute un peu avant nous, ils avaient, sur la neige, à la nuit tombante, regagné sans bruit le terrain perdu et, peu d'instants après avoir été pris pour cible par les mobilisés de la Gironde, nous entendîmes à une bien faible distance, cent mètres peut-être, un cri formidable et sauvage poussé par l'ennemi, sur toute la ligne environnante. C'était sans doute un grand hourra poussé par ordre, l'acclamation enthousiaste de la nouvelle de leur victoire inespérée, car ils avaient été battus en détail depuis trois jours et un seul point des lignes de défense avait fléchi. Ni eux, ni nous, d'ailleurs, grâce à la nuit bien close, nous ne nous supposions si rapprochés les uns des autres.

La retraite, la dure retraite, commença alors sur Mayenne et Laval. Une véritable fatalité, la même qui poursuivait la France depuis le début des hostilités, pesait toujours sur nous. C'en était à croire que la volonté de l'homme, quoi qu'il fasse, n'a aucune action sur les évènements décrétés par une volonté supérieure.

SILLÉ-LE-GUILLAUME

Notre dernier combat fut celui de Sillé-le-Guillaume. Ce fut un combat d'arrière-garde. Nos mobiles de la Manche, ménagés relativement pendant la retraite du Mans, durent assumer le rôle de protecteurs de la retraite de l'armée française sur Mayenne et Laval.

Pendant toute la journée du 15 janvier, nos mobiles de la Manche livrèrent, avec grand succès, à Sillé, un combat très meurtrier pour l'ennemi, qui fut repoussé au-delà de Crissé, dit l'ordre du jour du lendemain du général Jaurès.

Tous les autres médecins régimentaires accompagnaient leurs régiments, toutes les ambulances sans aucune exception, et y compris les nôtres de la Manche, étaient d'avant-garde.

Je me trouvai à Sillé, le seul médecin régimentaire, pendant tout le combat qui dura toute la journée et jusqu'à nuit close. J'avais fait faire, la veille au soir, pour la dernière fois, une fosse dans la neige par mon ordonnance, pour y dormir, et j'y dormis fort bien, grâce à mes fourrures. Mon cheval était attaché à un arbre voisin.

Les blessés furent immédiatement envoyés à l'hôpital de Sillé. Vers dix heures du soir, dans des voitures de réquisition, nous plaçâmes dans la cour de l'hôpital ceux des blessés qui pouvaient être transportés. Nous conduisimes, le sous-intendant militaire et moi, ce long convoi dans la direction d'Evron, où nous arrivâmes à la pointe du jour.

Derrière ce convoi, se trouvaient six dragons qui composaient l'extrême arrière-garde de l'armée française.

EVRON

Je dus m'aliter pour la première fois à Evron, le 17 janvier. Je crachais le sang, mes jambes et ma tête refusaient le service. L'hôpital d'Evron très petit, regorgeait de malades et de blessés. La mairie me donna un billet pour la communauté où se trouvait une vaste ambulance.

L'aumônier, M. l'abbé Guillier, vénérable sexagénaire, me sachant médecin, et connaissant de nom plusieurs membres de ma famille, me fit donner une chambre voisine de la sienne, dans laquelle mon ordonnance, très souffrant aussi et que j'avais conservé près de moi, venait m'apporter ce qu'il me fallait pour me soigner, car je pris le lit immédiatement.

Il y avait à peine deux jours que je pouvais me faire soigner, quand l'aumônier vint m'annoncer, en faisant appel à mon dévouement, que le médecin, M. le Dr Desnos, le seul de la ville, je crois, à ce moment était lui-même tombé malade, et que l'hôpital, la grande ambulance de la communauté et l'infirmerie des Religieuses, étaient sans médecin.

Je me levai alors et, après avoir été voir mon honoré confrère, M. Desnos, atteint d'une fièvre muqueuse, je passai mes journées à me traîner, bien que crachant encore du sang, de lit en lit, et à l'ambulance, et à l'infirmerie et à l'hôpital, bâti au bout de l'immense jardin de l'Etablissement.

Avant l'armistice, qui ne fut conclu qu'à la fin de janvier, Evron se trouvait placé sur la zône limite des avant-postes et tous les deux jours, alternativement, cette petite ville était occupée pendant plusieurs heures par les Français et par les Prussiens.

Les Français ne se préoccupaient guère d'envoyer fouiller l'établissement des sœurs, sachant d'avance que si quelqu'un s'y cachait, ce n'était certes pas des Prussiens. Mais l'ennemi, à chacune de ses visites, ne manquait jamais d'envoyer une forte patrouille à l'intérieur de l'établissement. Un jour, vers onze heures du matin, je revenais de faire une visite à l'hôpital et j'ouvrais la petite porte du jardin qui donne sur la grande cour d'honneur, quand je me trouvai nez à nez avec une patrouille prussienne de huit à dix hommes, commandés par un sous-officier. A la vue de mon uniforme et de mon képi rouge, le sous-officier cria à ses hommes : officier ! officier ! et tous les fusils de se diriger sur ma poitrine. Je vois encore le bon aumônier, entouré de la supérieure et de ses assistantes, formant un groupe à environ cinquante ou soixante mètres de nous et levant les bras au ciel, me croyant déjà fusillé ou sur le point de l'être. Hôpital ! hôpital ! m'écriai-je en m'avançant rapidement vers la patrouille. » « Ah ! hospital, hospital ? » répéta d'un air indécis le sergent. Il dit quelques mots à ses hommes, qui relevèrent un peu leurs fusils.

Je pris alors brusquement par le bras gauche, ledit sergent, en faisant signe aux soldats de nous suivre et je les conduisis tous à la porte d'une petite salle située au rez-de-chaussée, près de la première marche du grand escalier de l'immense ambulance. Ils ne paraissaient pas rassurés du tout ces Allemands, de ce que je me proposais de leur faire voir. J'ouvris brusquement la porte de cette petite salle qui contenait six à sept lits occupés par des varioleux agonisants,

A la vue de ce tableau inattendu que je les obligeais de contempler, pour bien les renseigner sur la nature de l'établissement qu'ils se permettaient d'inspecter, tous les dix poussent en chœur un cri d'horreur et d'effroi et détalent à toutes jambes dans la direction de la porte par laquelle ils s'étaient introduits. Je me mis à courir, moi aussi, derrière eux, pour les reconduire comme il convenait. J'arrivai juste à temps pour fermer sur leurs talons, la porte de l'établissement : Je les entendais encore dans leur déroute précipitée s'écrier dans la rue : hospital ! hospital !...

Alors l'aumônier et les Religieuses qui avaient suivi des yeux tout le scénario tragico-comique, vinrent à ma rencontre. Le bon prêtre me dit qu'il m'avait cru à mon dernier moment et qu'il m'avait envoyé une absolution *in extremis*. Tous avaient cru que j'allais être fusillé.

J'ai eu l'honneur en 1878 de recevoir pendant deux jours chez moi, à Domfront, M. l'abbé Guillier, qui m'a alors rappelé cette scène qui l'avait beaucoup frappé, ainsi que les Religieuses. Nous sommes restés en correspondance jusqu'à sa mort, arrivée, je crois, en 1886.

CONCLUSION LACONIQUE

Effectif au départ de Mortain le 15 sept. 1870 1200 hommes
— retour à — 24 mars 1871 590 malades
Il en restait à peine 400 le 1er janv. 1872
Et je répète en terminant :

    Exoriare aliquis nostris ex ossibus ultor !

Vive la France !

                      Dr BIDARD

PIÈCES JUSTIFICATIVES

N° I

16ᵉ DIVISION M.

Saint-Lô, le 17 Juillet 1870.

SOUS-INTENDANCE

DE

SAINT-LO

MONSIEUR,

En réponse à votre lettre du 16 courant dans laquelle vous offrez généreusement vos services de médecin dans le cas où le pays aurait besoin de les utiliser, j'ai l'honneur de vous faire connaître, que je n'ai reçu encore aucune instruction au sujet de l'organisation du service de santé à l'armée. Je ne puis donc jusqu'à ce jour vous rien dire des mesures qui pourront être prises ultérieurement. Toutefois, je dois dès aujourd'hui vous faire savoir que je prends bonne note de votre demande, et que dans le cas où votre concours serait réclamé, je m'empresserais de vous informer des conditions qui seraient offertes, en même temps que je transmettrais votre demande à qui de droit, si telle était encore votre intention.

Veuillez agréer, Monsieur, l'assurance de mes sentiments les plus distingués.

Le Sous-Intendant militaire,
Signature illisible.

Monsieur BIDARD, Médecin à Mortain.

MINISTÈRE
DE LA GUERRE

6ᵉ DIRECTION

3ᵉ BUREAU

HOPITAUX ET INVALIDES

Paris, le 29 Juillet 1870.

MONSIEUR,

Je vous fais connaître, Monsieur, en réponse à la demande que vous m'avez adressée, que c'est auprès de M. l'Intendant militaire de la 16ᵉ Division, que vous devez vous mettre en instance pour obtenir, s'il y a lieu, d'être attaché comme auxiliaire de service de santé de l'armée.

Recevez, Monsieur, l'assurance de ma considération.

Le Ministre de la Guerre, par intérim.

Pour le Ministre et par son ordre :

Le Sous-Intendant militaire, Directeur-Adjoint,

Signature illisible.

A Monsieur BIDARD, Docteur en Médecine, à Mortain (Manche).

INTENDANCE MILITAIRE
DE LA
16ᵉ DIVISION

SERVICE
DES
HOPITAUX

PERSONNEL

N°..................................

Rennes, le 7 Août 1870.

NOTE

L'Intendant militaire de la 16ᵉ Division, a l'honneur de faire connaître à Monsieur Bidard, docteur médecin à Mortain, *Manche*, que sa lettre sous la date du 31 juillet est adressée aujourd'hui même, à Son Excellence M. le Ministre de la Guerre.

L'Intendant militaire ne peut renseigner Monsieur Bidard sur les conditions faites aux Médecins civils à employer au compte de la guerre, ni sur l'époque de la désignation de chacun d'eux pour entrer en fonctions, attendu que Son Excellence n'a encore rien fait connaître à ce sujet.

L'Intendant militaire,
BAILLOD

Monsieur BIDARD, docteur-médecin à Mortain (Manche).

SOUS-INTENDANCE MILITAIRE

DE

SAINT-LO

Saint-Lô, le 14 Août 1870.

NOTE

Le Sous-Intendant militaire a l'honneur de prier Monsieur le Sous-Préfet de Mortain, de vouloir bien inviter M. Bidard, docteur, à me faire parvenir d'urgence une déclaration faisant connaître :

S'il aspire à servir sur place ou aux ambulances actives de l'armée du Rhin, ou comme médecin aide-major dans les bataillons de garde mobile en voie de formation, ou enfin dans les hôpitaux militaires déjà installés dans divers lieux, et dans ceux d'évacuation, destinés à fonctionner à l'intérieur.

La présente note fait suite à une demande faite par M. Bidard. Il est nécessaire qu'une nouvelle demande me parvienne le plus tôt possible, formulée comme il est dit ci-dessus.

Pour le Sous-Intendant militaire,

Le Conseiller de Préfecture,

Signature illisible.

Monsieur le Sous-Préfet de Mortain.

Cherbourg, le 10 Septembre 1870.

SUBDIVISION
DE LA MANCHE
N° 618

MONSIEUR,

Le Général de Division vient de me transmettre les deux lettres que vous avez adressées à M. le Ministre de la guerre et au Sous-Intendant militaire de Saint-Lô, et dans lesquelles, en considération des circonstances actuelles, vous exprimez le désir d'être attaché comme Médecin Aide-Major, soit dans les ambulances, soit dans les hôpitaux.

Je vous félicite bien sincèrement sur votre patriotisme et je viens vous demander si vous accepteriez l'emploi de Médecin Aide-Major, dans le Bataillon de la Garde Mobile de Mortain, ou dans celui de Coutances.

Je vous prie de vouloir bien me faire connaître *immédiatement*, votre décision à ce sujet.

Recevez, Monsieur le Docteur, l'assurance de ma considération très distinguée.

Le Général commandant la Subdivision,

SUAU

A Monsieur le Docteur BIDARD, à Mortain (Manche).

16e DIVISION MILITAIRE

Rennes, le 14 Septembre 1870.

ÉTAT-MAJOR
GÉNÉRAL
N° 1695

GARDE NATIONALE MOBILE

DU DÉPARTEMENT DE LA MANCHE

4e BATAILLON

Le Général commandant la 16e division militaire, en vertu des pouvoirs qui lui sont conférés par la décision ministérielle du 9 août 1870, informe M. Bidard, docteur à Mortain, qu'il est nommé Aide-Major dans la Garde Nationale Mobile de la Manche.

Il se mettra, sur le champ, à la disposition de M. le Chef du 4e Bataillon.

Le présent titre lui servira de lettre de service, dans l'exercice de ses fonctions.

Vu pour entrer en solde de l'emploi qui lui est conféré, à compter du 15 septembre 1870.

Le Sous-Intendant militaire,

J. DUBOIS

Le Général commandant la 16e Division militaire,

DE PLANHOL

Monsieur BIDARD.

30ᴱ RÉGIMENT

ORDRE DU 17 SEPTEMBRE 1870

Le Régiment est prévenu que M. Bidard (René), Médecin Aide-Major du 2ᵉ Bataillon, est désigné, en sa qualité de Docteur en Médecine, pour diriger le service de santé du Régiment, et qu'il est en cette qualité, accrédité près de l'Intendance militaire, pour se faire délivrer tous les appareils, instruments et médicaments réglementaires.

Le Colonel du 30ᵉ Régiment,

LE MOINE DES MARES

N° 8

COPIE DE LA DÉPÊCHE N° 182

ADRESSÉE A MONSIEUR LE MINISTRE

J'ai l'honneur de vous transmettre ci-joint, en l'appuyant, une demande faite en faveur de M. le Docteur Bidard, du 30ᵉ régiment de Mobiles, pour lequel M. le Général commandant le 21ᵉ Corps, sollicite le grade de Médecin-Major de 2ᵐᵉ Classe.

M. le Docteur Bidard remplit comme volontaire, depuis le mois de septembre dernier, les fonctions de ce grade au 30ᵉ Régiment de Mobiles.

Cachet :

DEUXIÈME ARMÉE DE LA LOIRE

ÉTAT-MAJOR GÉNÉRAL

MINISTÈRE
DE LA GUERRE

SERVICE INTÉRIEUR

3ᵉ BUREAU

ARCHIVES ADMINISTRATIVES

RÉPUBLIQUE FRANÇAISE

PAR ORDRE DU MINISTRE DE LA GUERRE

LE CHEF DE SERVICE

Certifie que des registres matricules et documents déposés aux Archives de la Guerre a été extrait ce qui suit :

Pour extrait :
A. POLLET

Vérifié :
Le Sous-Chef,
Signature illisible.

Le Chef,
Signature illisible.

Délivré sans aucuns frais à M. le Docteur BIDARD, Grande-Rue, à Domfront (Orne), en réponse à sa demande parvenue le 28 juillet 1886, enregistrée n° 8.848.

NOTA. — *Tout détenteur du présent certificat est invité à le conserver et à n'en produire qu'une copie certifiée lorsqu'il aura besoin d'en faire usage.*

NOM ET SIGNALEMENT DU MILITAIRE	DÉTAIL DES SERVICES
BIDARD (RENÉ-JEAN-MARIE) Fils de Jacques-Célestin et d'Euphrasie-Marie-Françoise Louvel, né le 23 mai 1842, à Domfront (Orne).	Médecin aide-major au 4ᵉ bataillon de la Garde Nationale Mobile de la Manche, le 14 septembre 1870. Passé au 30ᵉ régiment de marche de la Garde Nationale Mobile, le 17 septembre 1870 (chargé de la direction du service de santé du régiment). Licencié le 19 mars 1871. Médecin aide-major de 2ᵉ classe à l'ambulance de la 7ᵉ division territoriale d'infanterie, le 26 mai 1877. Démissionnaire, le 16 août 1878. *Campagne :* Du 15 septembre 1870 au 16 janvier 1871, contre l'Allemagne. Docteur en Médecine de la Faculté de Paris, le 16 juin 1868.

Cachet
du Ministère
de la Guerre

Fait à Paris, le 31 Août 1886.

Signature illisible.

TABLE DES MATIÈRES

PIÈCES JUSTIFICATIVES

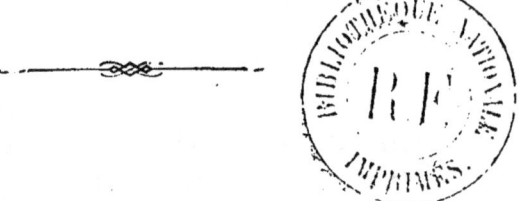

ERRATA

Page 23, 1ʳᵉ ligne du 2ᵉ alinéa, *au lieu de* J'étais parti à cheval, le 2 décembre, *lisez :* J'étais parti à cheval, le 2 novembre.

Alençon. — Imp. A. HERPIN.